句集

榾明り

高橋 涼

文學の森

序

辻　桃子

高橋涼さんは中学校の体育の先生だった。きりりと姿勢がよく、繊細で美しい。そしてなにより誠実な人だ。

着席の椅子引く音も賢治の忌

この句には、いかにも先生だった人の実感がある。句も初めから申し分なく出来ていて感嘆した。

薄氷や光はじきて泥の中
ぶな林の芽吹きの底を進みけり
サイダーを抜いて湯治の昼長き

津軽句会はほつほつと始まり、涼さんが参加するようになって、ようやく榾火のよく燃える囲炉裏になってきた。

ほつほつと集ひ一座や榾明り
やうやくに榾火育ちて鍋座かな

この二句はそんな感じがする。ここから句集名をとったのも、涼さんらしい。などと言えば固い人と思うかもしれないが、これがとんでもない。抜群の運動神経に支えられた見事なダンスを披露し、伸びのある声で、ほれぼれとした歌も聞かせる。仲間を楽しませる魅力にあふれた人なのだ。なるほど俳味たっぷりの作品がたくさんある。

入りこよ枝垂桜のまん中に
めし食うてねころぶだけも野の遊び
手ぶらで来秋茄子揚げる係にて
早くやれなどと花火に声かけて
屛風剝ぐ下張りにある原節子

『梢明り』は涼さんの俳句人生の最初の一歩だ。これから二歩、三歩と、こんな律義で楽しい句を生み続けてくれるに違いない。私はそれを、読み続けたいと願っている。

平成二十七年九月　目の前の林檎畑の林檎を取りはじめた日に

句集　榾明り／目次

題字・装丁　辻　桃子

句集　梢明り

静かに速き

二〇〇五年

白き手の静かに速き歌留多取り

折り紙の鶴も手鞠も雛の市

ふくらみて光り落つるや雪雫

下駄箱をしづかにしめて卒業す

桜咲く真下に句座をひらきけり

蓮の葉の高き向かうの日傘かな

後ろ手にのぞき込んだる鰻桶

しゅくしゅくと位置に着きたるねぷたかな

菊誉めて包丁研ぎの入り来る

せんべいの耳かじりをる夜長かな

橡《とち》の実を寺のみやげにもらひけり

指輪して敬老の日の母であり

飯食うてやりすごしたる野分かな

供養とて米七粒や秋の寺

月待つや金子みすゞを読みながら

枯野来てトラック野郎とすれちがふ

鮟鱇の背骨の中の太き空《くう》

飛び石に力尽きたる冬の蜂

むつつりと来て熱燗と言ふ男

入口にもやし入荷と年の市

冬の雷一人居の箸持ちしまま

いま会うて

二〇〇六年

骨太の家系に生まれ着衣始《きそはじめ》

餅切るや父は非力を嘆きつつ

てにをはの一字を論じ句座始《くざはじめ》

小正月漆器の蓋のあはせどこ

大寒や夫はもぐさの煙の中

窯元へ雪解の川を渡りきし

買うた物みな身につけて春愁ひ

花待つや消防は鐘鳴らし行く

古漬をもらひに来いと田植時

坂を来て塗屋に麻の暖簾かな

蓮の葉の波立つさまにあふれけり

いま会うて一つベンチに涼みけり

呼び止めて聞く大黄《だいわう》の花のこと

禅寺や花の中へと蟻の列

飛蝗《ばつた》とび供養の花にまぎれたる

ねぷた引く子の少なきが通りけり

月見んとただそれだけに夫を呼び

白神や榾仕度《ほだじたく》してマタギ小屋

しばらくは蜂遊ばせて小菊切る

捨て菊をくりては香の強かりき

洋館のゆがみ硝子や松手入

坂上の塗屋に売られ寒玉子

手袋の道に落ちあり獣めく

鮫の頭

二〇〇七年

一汁に湯気立つ飯や寒に入る

初買や藍の絵柄の皿二枚

凍てゆるむ朱き鳥居に朱き塔

薄氷や光はじきて泥の中

雁風呂《がんぶろ》やきしみ廊下の長々と

春の夜や厠に大き日本地図

まだ立たぬ花ぼんぼりの穴に雨

かう書くと空《くう》をなぞりて木の芽雨

看板のブリキ錆びたり種物屋

黄水仙猫の面《つら》つこほどもかな

ぶな林の芽吹きの底を進みけり

田蛙や村はまるごと水の上

観《くわん》桜《ごう》会《くわい》昔バナナはごちそうで

一山をすつぽり包み花りんご

朝一の男一人の田植かな

岸に手を振れば傾く藻刈舟

走り梅雨指一本で弾くピアノ

鳥居から拝殿までの木下闇

木戸開けて十日も留守や大夕焼

サイダーを抜いて湯治の昼長き

糸とんぼ霊泉沼に生まれけり

てのひらの端より吸ふや山清水

見習ひの大工釘打つ晩夏かな

早くやれなどと花火に声かけて

悼　冬の紅葉さん

長旅の便りもなしや紅の蓮

月白や子を呼ぶ声の二度三度

さつまいも豊かな蔓を引きにけり

文机を窓辺に移し今朝の秋

本堂の奥の残暑や手古奈の書

車椅子秋の草花見て来しと

ふりむくや冬日に耳の赤く透き
紅き葉を黒手袋のひろひをり
つがひ鴨濠の水面を乱したる

湯治場の青菜の束や冬の雨

屏風剝ぐ下張りにある原節子

ちよと寄つて鮫の頭をもらひ来る

入りこよ

二〇〇八年

一枝に鳥いれかはり大旦

松過ぎや供物林檎にあぶら浮き

二度寝して雪解雫に目ざめけり

田の畔の浮きいでてくる雪解かな

雪解《じやけ》道《みち》を来てパーマ屋のドアの前

雪解道や誰《だ》も何《な》も言はずバス待つて

一片食《ひどがだげ》もろうて帰る蕗味噌《ばつけみそ》

堅香子《かだくり》と札に書きあり道の駅

どの蔵も道沿ひにあり黄水仙

連翹を左に行けと教へられ

川ひとつ隔てて遅き芽吹きかな

松にそひ花にのぼりしおぼろ月

濠に浮く花ぼんぼりの流れ寄る
渦巻いて田に引かれゆく花筏
入りこよ枝垂桜のまん中に

城見んと花見んとみな橋の上

こそばゆきないしよばなしや夕桜

春の灯や銀のトレイに銀の匙

寄りて紅離れて白く花林檎

山藤の一樹を占めて吹かれけり

竹の子を見つけて寄れば見失ひ

さなぶりやこの家の甘き赤飯《あかまんま》

海風の袖より抜けて更衣

十薬やおばばの家の通し土間

城山の日に日に重き緑かな

じゃがいもの花の咲きたる売家かな

木にあれば生毛のありて青林檎

金文字の革の表紙や黴にほふ

県境や杉に涼しき雨の筋

血まなこのせまり来たるやねぷたの夜

地獄絵を闇に見送るねぷたかな

悼　堅香子さん

かくれ来る木実女《きみぢよ》は萩をこぼしつつ

皿の物みなおほぶりや村祭

峡下る天の高きの暮れ残り

新涼や日帰りの湯に雑魚寝して

長《をさ》が声お山参詣立ち上がる

秋蝶や元気塾とは相撲塾

初産を待つ子とをれば草紅葉

陣痛の兆しもみえず虫時雨

莉子誕生

嬰《やや》撮るや世界一てふ林檎寄せ

おつとりと雹害のこと畑のこと

かちやかちやと酒運び来る神の留守

聖堂の白き襖や大くさめ

くさめして言ひたきことを忘れけり

引越しの中にまぎれて冬の蝿

枯野出てかぶさりくるや日本海

松の幹いよいよ黒く時雨れけり

声かけず菜を置き行くや冬至寺

白々と板のやせたる風除《かっちょ》かな

雪雲の空ごと落ちん雪しまく

極月の一切経を回しけり

死んだふり

二〇〇九年

箱蓋に新巻鮭と太字なる

玉子かけご飯がよけれ早や三日

雪沓のよく鳴る廊下句座始

風呂敷の結び目かたき礼者かな

初スキーゆるゆると来て息荒し

大寒や飯炊くほかは何もせず

旧正やまだ夢に来て叱る母

馬橇立て旧正月のまつこ市

寒明けや雪の轍をゆづり合ひ

薄氷の流れ寄り来る日和かな

人待ちの脚組み替へてバレンタイン

燗酒やあめつこ市のはしつこに

薄氷の水を離れる重さかな

セロリ食ふ春の七草そらんじて

雪解を来れば窓辺のトウシューズ

雛の夜や寝ねば山がら亡《も》つこ来る

堅香子を踏まねば行けぬ君がそば

山出るや小走りほどの春の水

恋猫の寺に飼はれて通ひけり

出稼ぎの父ゐたゐたと入学子

結ひ上げて夜会巻きとや花衣

人声の合間あひまに囀れり

雪形や畑の土の売られゆく

よろづ屋の一棚占めて野菜種

種薯を切るやあの丘ひとつ分

春炉焚く腹立つことの少しあり

峡の田に鍬をゆすぐや花こぶし

濃き薄き花の筏の流れゆく

彼の人にまた出会ひたる観桜会

人待つに死んだふりして花見茣蓙

野遊びやりんご節など口ずさみ
めし食うてねころぶだけも野の遊び
これよりは菜の花の道土の道

半日の婆の小遣《ほたこ》や蕨取り

よしきりや口の悪しきが仲良しで

床上げの薄き化粧や更衣

花火見の濡れ畔草を踏みゆけり

大花火道いつぱいに落ちにけり

花火見のあの家の二階消しとくれ

夕立や合唱のまだそろはざる

御詠歌を聞くや燈下の涼しかり

カーテンを手荒に引いて夏痩せす

持つてけと前掛に盛るトマトかな

畔の草刈るや棚田の浮き上がる

とうすみや飛び立つ時に翅見えて

顔知らぬ父に会ひたる昼寝かな

甚平や呆けし父の名を記し

ふれるなとあればふれたる日焼の子

辻に来てぐらりとかしぐねぷたかな

亡き人をふと思ひ出すねぷたかな

草原が好きと踏み行く草の花

手ぶらで来秋茄子揚げる係にて

冬瓜や君来るまでを成らせおく

篠笛の誰の習ひや秋簾

新涼や肩にくひこむおんぶ紐

鍋洗ふ夫の手馴れや居待月

星月夜湯宿へ遅き峠越え

月の夜や徳利の腹をわしづかみ

雲の影紅葉の谷を渡り来し

席ひとつ空いて秋気の立ちにけり

稲架組むや笑うて聞かす父の恋

いななきや動き始めし牧の霧

読めぬ字をとばしとばして鰯雲

野の花をたつぷり活けて爽気立つ

菊萎えて小さき虫を吐きにけり

草の種虫の骸《むくろ》と掃かれけり

榧《かや》の実の落ちて僧衣の薄きかな

屋根葺きを半分終へて木の実降る

三味引きのつまりし音や海猫帰る

鷹柱ほどけ一陣発ちにけり

蛇口より湯の出るまでの今朝の冬

ぶな林の奥まで見えて落葉踏む

虎杖《いたどり》のこんなに高く枯れにけり

千代紙の四隅合はすも小春かな

雹害と書かれ香るや冬林檎

一匙のしのび砂糖を大根漬

白鳥来お岩木山を左折して

湯気くぐり蕎麦のおくれをわびに来る

息白し巫女のかんざし揺れやまず

極月やあまた仏に手を合はせ

独楽《ずぐり》打つてつかてつかの雪の上

手鞠唄

二〇一〇年

軒下の雪にふるるや初箒

売られあるままごとほどの七草菜

娘《こ》の歌ふ少しちがうて手鞠唄

早梅や嫁をもらひに汽車で行く

今日よりは二月の雪ぞ飯食へる

春雪や経《たて》の縹《はなだ》に緯《よこ》の紅

笹起きて少し遅れて笑ひけり

薄氷をくぐる流れや渦巻きて

風紋の寄せ来るままにうす氷

春泥や軒に干す魚乾涸びて

桃の日の肩上げなるをほどきけり

雪解風汝《な》の田我《わ》の田の現るる

雪解けてくされ林檎の匂ひたつ
パーマ屋を出て強東風《つよごち》を帰りけり
あんまりな名残雪にて尺余なる

北窓を開けるや椅子の向き変へて

初蝶やお天気雨をぬうて来る

道端に和布売り出て観桜会

厨子王の像にかぶさる初桜

畑中の湯気立つ道や蝿生まる

職退いてうぐひす餅を買つて来し

夏炉して昼を灯して荒物屋

母の日やあんぱんのへそしよつぱくて

草引くや草引く他は考へず

汽車行けば汽車見送つて草刈女

昼寝して家に一つの畳の間

竹の葉や宙ゆく舟のごとく落ち

梅雨晴の太鼓の皮の干されある

あぢさゐに小童子《こどんず》過ぎて大童子《おほどんず》

桜桃や鳥追ひ網に鳥死して

香水のかすかに残る仏間かな

捨て瓜の草にうもれて熟れにけり

ゆきあひの空や稲束投げ上げて

稲刈つて墓の見えたる在所かな

天井にぶつかつて行く秋の蠅

病床に妻の髪結ふ居待月

小鳥来る土俵の土を喰ひに来る

斎場に鶏飼はれ木の実降る

お見舞に稲の実入りの話など

秋風や米蔵抜けて座敷蔵

月山の虫に喰はれて秋の花

柚子取るや梯子支へて妻うるさ

柚子の香のまだ満ちてゐる旅鞄

息つめてぞつくり採りし初滑子《はつなめこ》

縁先に地図を伸べたる小春かな

蛍光灯窓に映りて時雨れけり

枯野来て立つ白波の幾重にも

柊の花に呼ばれし紅茶かな

湯婆の袋に母の刺繡かな

手焙や鰈《かれこ》焼いてと歌ひもし

お不動に二つ参りて懐手

マフラーを口まで上げて悪女めく

木枯や犬てなづけて包丁研ぎ

夜具引くや手に葱の香のまだ残り

冬晴や溺れるやうに窓ふいて

祭壇に深き一礼息白し

悴みて黒きマリアを見上げをり

人逝くや襖障子をとつぱらひ
大襖小声となれば耳たてて
ふんばつて向きを変へては鱘さばく

血の浮きし鮫のむき身や雪しまく

雪下駄のきゆききゆき行くや紺屋町

家の裏ビルの裏ゆく冬の川

荷を解けば雪見舞とや黄水仙

誰も来ず何処へも行かず雪搔きぬ

喪の人をまた泣かせたる寒見舞

雪氷を割るや開店まぎはまで

雪の宿車寄せには湯を流し

凍瀧やため息のごと日の射して

湯の宿に雪庇《せっぴ》育ちてにごり酒

走る子

二〇一一年

大屋根の雫ぐるや初詣

家中を走る子の居てお正月

雪原を来て湯の町の初句会

湯治場に一声かけて若菜売

粥《け》の汁のかたみとなりし鉄の鍋

叺には父のくせ字や種選

病棟を移れば見えて春の山

猫車出すによろけて鳥帰る

前掛につり銭さぐる植木市

春の草籠の荒目をこぼれけり

民宿や丼に出て木の芽和

薄氷を割りて供花の水させり

畦焼の煙の中を葬の列

春泥や葬列に舞ふ紙吹雪

エナメルの靴をおろして花粉症

小刀で鉛筆けづる修司の忌

野あざみや海ともみえて地平線

嫂《あによめ》のするりとはづす春ショール

ちまき食ふ六十路の兄と弟と

太平の蓑売り来るや黄のあやめ

板の間に小銭こぼるる昼寝かな

湯治場にバス来るまでのソーダ水

入院の支度手馴れて夏の暮

シャツ乾して蓴《ぬなは》採り女の昼餉かな

実梅売る乗換へ駅の朝市に

枝払ひお百度石に日当たりぬ

鳴きやめば耳をすますや秋の蝉

蟻はらひ仏の花を切りにけり

墓参にと育てし花の過ぎにけり

唐辛子花屋にあれば花束に

馬鹿塗の椀に粥もる白露かな

水口は釣舟草の中にかな

紅葉狩御公家のやうな犬つれて

茎枯れていよいよ引くか男爵を

身に入むや夜道を帰る水明り

番台に弁当届く小春かな

男らが鉄の風除を組みにけり

枯野行く村を巡りしポン菓子屋

雪もよひ包丁研ぎの来るころと

林檎終へ冬菜の畝の二つ三つ

別れてはみな凩の道行けり

湯ざめして外湯めぐりの真知子巻

雪やぶに片足入れてすれちがふ

葛湯吹き娘は母となりにけり

かたりべの熱おびてきて土間の冷

日田小鹿田《おんた》焼き

蹴ろくろの親子二代や楫の主

唐臼のきしみにこぼれ冬の水

太宰府の拝殿に解く懐手

やうやくに火の見えてくる焚火かな

梢明り

二〇一二年

翡翠なす米代川や雪のひま

振り分けに干餅かけて日脚伸ぶ

百沢の湯元に早も雪解川

墓までは行かれぬ雪の彼岸寺

韮摘むに土手の傾《なぞへ》を婆の後

ぬかるみの津軽遍路を久渡寺より

熊穴を出るやぎつくり腰にふせ

春荒れや明日干す魚の腹さいて

鳥帰る腹にしまつて朱き脚

大正の椅子ひき寄せて春暖炉

肘つけば傾ぐ机や黄水仙

逃げ水を行けば露月の生家かな

はきかへて下駄で行きたる夕桜

こどもの日集合写真きゆうくつな

早苗饗《さなぶり》や機械植ゑとて上手下手

母あれば筍飯の出るころと

夏炉焚く旧銀行の客溜り

書き取りの肘をさなくて更衣

青きもの膳に並べて夏兆す

薫風の中へ押し出す車椅子

声よしに歌をせがみて袋掛

乗り換へて青田の中を花輪線

田廻りの自転車出すや朝ぐもり

白シャツのかりつと干され合宿所

茉央《まお》一歳

抱き上げて青きトマトを採らせやる

秋暑し新宿に売るねずみ捕り

白露かな藍の野良着で出てゆかれ

溝萩を折るや流れの見えずして

吹かれてはまた花に寄る秋の蜂

ふりむけば倒れてをりし案山子かな

峡を出る川てらてらと十三夜

小鳥来る身に一病をすまはせて

朝市の水にうたれて蚊の名残

落葉して鳥の水場のかくれけり

布のごと干すや鰊《かすべ》の四半身を

ほつほつと集ひ一座や榾明り

やうやくに榾火育ちて鍋座かな

ゆるゆると煮えておしあふおでん種

床の間の忍の太字や雪時雨

車窓また

二〇一三年

前掛のままで手合はせ初山河

雪搔いて喪服の列を見送れり

待春の水音あれば立ちどまり

本降りの雨にまかせて雪解かな

春雪を掻いて見上げる鳥の腹

虻蠅の生れぬうちにと魚干す

早春や日射しのあれば出かけたく

鴨引くや向き合ふ岩木八甲田

よう鳴いて春の鴉となりにけり

ほれそことどれどこと踏みふきのたう

研ぎに出す包丁待つや日の永し

相席のホットミルクや花の雨

蟻出でて沓脱石を素通りす

田に水の黒々しみてゆくところ

早苗饗や塗椀に酒まはりくる

女棋士庭の菖蒲を見て立てり

黴の堂みえざるものをありがたく

鳶の笛夏座布団に嬰寝かせ

夏雲の底黒々と峠かな

まだ声に少し残れる夏の風邪

夏川を渡るや夫の膝やせて

茅屋根に実生の育ち瓜の花

よき音の徳利にさらしくぢら食ひ

来た道も行く道もまた草いきれ

メロン食ひのんどいがいがひらひらと

合歓咲いて大き日蔭や無人駅

駅出でてしばし揚羽と並走す

鳶高くたかく台風一過かな

札幌にて

ススキノのまぶしき夜をきりぎりす

着席の椅子引く音も賢治の忌

賢治忌の風をおこして山の雨
田仕舞の野良着のままに山の湯へ
とろろ汁一合増しに飯炊いて

ほそぼそと商ふ宿や色鳥来

昭伝寺にて

本堂の天窓打つや初あられ

菜洗ひやゴム前掛を胸高に

夕焚火木端つつこむ一斗缶

背をこごめ湯気立つ寒肥打ちにけり

病床の一つが空いて寒波来る

雪沓を鳴らし進むやお焼香

車窓また吹雪となりてねむりけり

特急のなほ北へ行く雪けむり

除雪夫の一人手を振る通過駅

冬の山馬に草鞋をはかせ来る

跋

安部元気

句集を読むのは楽しい。日ごろ句座を共にしている連衆の句集なら、なおさらだ。居ずまいも心ばえも、いかにも端正な作者らしい、と思う句がある一方で、ひねりが利いて、上品な哄笑が聞こえてくるような句も少なくない。そうだ、これはあの時の句だ、ほう、こんないい句を作っていたんだ、と驚かされるのも、仲間なればこそだ。

涼さんは最初から、巧みな句をつくったが、年を追うにしたがって、写生の技術が沈潜し、省略が徹底して、句が単純に深くなっていく。九年間の約四百句を、あえて厳しい目で読み直して、これはいい、と二重丸を付けた句が五十句を超えた。

下駄箱をしづかにしめて卒業す
指輪して敬老の日の母であり
いま会うて一つベンチに涼みけり
まだ立たぬ花ぼんぼりの穴に雨

てのひらの端より吸ふや山清水
ちよと寄つて鮫の頭をもらひ来る
種薯を切るやあの丘ひとつ分
笹起きて少し遅れて笑ひけり

全部挙げて、一句ずつ鑑賞したい思いに駆られる。

雪解《じゃけ》道《みち》や誰《だ》も何《な》も言はずバス待つて
一片食《ひどがだげ》もろうて帰る蕗《ばっけ》味《み》噌《そ》
白々と板のやせたる風除《かっちょ》かな
さなぶりやこの家の甘き赤《あか》飯《まんま》

「雪解《ゆきど》け」とか「赤飯《せきはん》」と言ってしまったのでは、身にしっくりと来ないのだろう。独特の言葉が残る津軽らしいこだわりも楽しい。

平成二十七年八月

あとがき

　母一人子一人で育った私ですが、仕事一筋だった母から学んだことがあります。年を取ったら、そこそこのお金と友達と趣味が必要だということです。

　幸いなことに多くの友達に恵まれ、助けられて今日まできました。趣味もいろいろなことをしましたが、最後に残ったのが俳句です。三十代の頃に「渋柿園」で基本を学ばせていただきましたが、仕事と子育てで続けられなくなりました。

それから二十年後、導かれるように辻桃子先生と出会いました。以来十二年、よくぞ続けられたと思います。まだまだの俳句ですが、足掛け十年分の俳句をまとめてみました。

句集を出すにあたり、ご指導いただいた辻桃子主宰、安部元気副主宰に心より御礼申し上げます。また、多くの場面で支えてくださった句友のみなさまと、家族に心から感謝しております。

この句集を亡き母に捧げます。

二〇一五年九月

高橋　涼

著者略歴

高橋　涼（たかはし・りょう）本名　祐子

1947年１月12日生まれ
2004年　「童子」入会
2008年　「新童賞」受賞
2010年　「童子」同人
2015年　日本伝統俳句協会会員

現住所　〒036-8164
　　　　青森県弘前市泉野４丁目 12-7

句集

榾《ほだ》明《あか》り

発　行　平成二十七年十二月七日
著　者　高橋　涼
発行者　大山基利
発行所　株式会社　文學の森
〒一六九-〇〇七五
東京都新宿区高田馬場二-一-二　田島ビル八階
tel 03-5292-9188　fax 03-5292-9199
e-mail mori@bungak.com
ホームページ http://www.bungak.com
印刷・製本　竹田　登

ISBN978-4-86438-426-1　C0092